Collection

souris sentiments

dirigée par
Claude Clément

W0367765

L'auteur

Née à Marrakech, dans une famille mêlant Italie et Provence, Claude Clément connaît bien les lieux sur lesquels se déroule cette histoire. Diplômée de tchèque et de slovaque, elle a travaillé aux côtés de Milan Kundera dans un séminaire d'études sur la littérature d'Europe centrale et traduit de nombreux ouvrages. Elle se consacre désormais à l'écriture et au théâtre, menant également des ateliers en milieu scolaire et universitaire.

Du même auteur

- *Le Cadeau oublié*
  Syros, Souris poche
- *Le Luthier de Venise*
  École des Loisirs, Prix Sorcières, 1990
- *Longtemps...*
  Casterman, Prix SGDL, 1998
- *Le Mot sans lequel rien n'existe*
  Le Sorbier / Amnesty International

6467

Claude Clément

La frontière de sable

Illustration de couverture
Aymeric Chastenet de Géry

souris sentiments

BIBLIOTHEQUE MUNICIPALE
ECOLE J. PREVERT
LE PLESSIS - YZEURE

ER
CLE

SYROS
jeunesse

Catalogage Électre-Bibliographie
Clément, Claude
La frontière de sable. – Paris : Syros, 1999. – (Souris sentiments ; 20)
ISBN 2-84146-721-X
Dewey : 811.5 : Albums et fiction. Romans. Aventures et voyages
Public concerné : Bons lecteurs (à partir de 12 ans)

© 1999. Éditions La Découverte et Syros, 9 *bis,* rue Abel-Hovelacque, 75013 Paris

1

PILON

Il s'est écoulé du temps sur tout cela. À l'époque, j'avais douze ans. Longtemps, je n'ai même pas voulu m'en souvenir. C'était comme si on nous avait volé quelque chose que personne ne pouvait nous rendre, à Laurette et à moi. Notre enfance.

Aujourd'hui, j'ai grandi. Des années ont passé. Au début, elles se sont entassées sur tout. Ça m'arrangeait. J'avais d'autres choses à vivre, à penser, à raconter. Et puis, petit à petit, comme venus du fond de la mer, je ne pouvais empêcher les événements anciens de remonter, irrésistiblement. Ils ont formé un mur invisible qui m'encerclait. Je me suis dit que, autrefois, j'étais trop jeune, je manquais de mots pour le rompre. Maintenant, j'en ai de nouveaux. Pourtant, je ne peux toujours pas en parler. Alors, j'écris, pour essayer de comprendre comment c'est arrivé. Même s'il n'y a pas d'excuses.

Cette année-là, ça m'avait fait un drôle d'effet, quand Papa m'avait dit :

– Tu viendras me voir à Papeete, quand tu seras en vacances.

Et, justement, les vacances de Toussaint m'étaient tombées dessus. Avec la rentrée, la mise en route, les premiers contrôles, personne ne les avait vues venir. Même pas moi. Encore moins ma mère. Trop occupée au magasin.

Mon père avait dit aussi :

– Là-bas, il fait presque toujours beau. C'est pas comme ici.

Ici, il faisait précisément un temps bien de Toussaint. Propulsée par des bourrasques de vent, une pluie fine et froide tombait par paquets, comme si le ciel avait toussé et craché ses microbes.

Mon père avait ajouté :

– Tu verras, les gens sont plus cool qu'ici.

C'était peut-être pour ça qu'il avait quitté ma mère. Parce qu'elle était moins cool que sa nouvelle femme. Moins jeune surtout. Et parce qu'il avait trouvé un travail plus amusant, là-bas. Il organisait des croisières de luxe, sur des bateaux de luxe, pour des gens de luxe, comme il n'y en a pas rue de Belleville.

Moi, je savais que je n'irais pas à Papeete. D'abord, parce que mon père avait lancé ça en l'air, sans m'inviter à une date précise. Et puis, parce qu'il n'avait pas envoyé de billet d'avion. Ce n'était pas ma mère qui allait le payer. D'ailleurs, je ne savais pas si j'avais envie d'y aller ou pas. Ma sœur aînée, qui faisait ses études à Londres et qui téléphonait plus souvent, ces temps-ci, m'avait fait jurer de ne jamais accepter de voir la nouvelle femme de mon père, qui était à peine plus âgée qu'elle. J'avais juré. Pourtant, je n'avais pas d'opinion. J'en avais marre d'entendre mes parents s'engueuler. Parfois, ils en venaient aux mains. C'était surtout ma mère qui frappait sur mon père comme sur une porte fermée et comme si les mots ne lui suffisaient plus pour se faire entendre. Lui, il prenait l'air fort et contrôlé en me prenant à témoin :

– Tu vois ? Elle est folle.

Je savais qu'elle ne l'était pas, mais que, si ça continuait comme ça, elle allait le devenir. J'en avais tellement ma claque que je ne voulais plus y penser. D'ailleurs, quand j'allais au bahut, je n'y pensais plus. Il y avait les copains, les cours, le sport.

Maintenant, à la maison, l'ambiance ressemblait plutôt à un encéphalogramme plat. Maman bossait. Quand elle ne bossait pas, elle sortait avec des amis, pour ne pas déprimer. Elle se remettait assez vite. Soulagée, elle aussi, sans doute. Son énergie, elle ne la mettait plus à se battre contre Papa, mais à travailler, à vivre autrement. J'étais souvent seul.

Là, c'était mes premières vacances de fils de divorcés. Plusieurs copains m'avaient dit :

– Bienvenue au club !

C'est vrai que je ne me sentais pas unique en mon genre. Simplement, les autres avaient eu le temps de s'habituer. Ils s'étaient même organisés. Certains allaient avec leur père aux sports d'hiver ou ailleurs. D'autres partaient en séjour linguistique, en stage d'équitation, ou d'autre chose. Ma mère n'avait pas la tête à faire des plans sur le sujet. Et puis son compte en banque virait parfois au rouge... Parmi ceux du bahut qui restaient à Paris, je n'avais pas de vrais potes. L'ennui menaçait.

Tout à coup, ma mère sembla émerger d'une nébuleuse :

– Les vacances d'automne... Déjà ? Tu ne vas pas rester ici, toute la journée, à ne rien faire ! Je vais t'envoyer aux Goudes, chez tatie Mireille et tonton Toni.

Aux Goudes ? Elle disjonctait ! Les Goudes, c'était bien en été. J'avais presque autant de copains là-bas qu'à Paris. On grimpait et on dévalait le massif des Calanques en VTT. On allait à la pêche en bateau. Avec mon cousin Bastien, qui était plus âgé que moi, on faisait de la plongée sous-marine sous l'autorité de Manu, le frère de tonton Toni. Un super moniteur, celui-là. Un vrai mec, costaud dans son corps et dans sa tête. Un mec comme je voulais en devenir un, plus tard. C'était le pied, les Goudes. De juillet à septembre. Mais pas maintenant. La plupart de mes amis de là-bas venaient d'ailleurs. Juste pour les grandes vacances, chez un oncle, une tante, ou des grands-parents qui possédaient un cabanon. À cette saison, la plupart des maisonnettes devaient être fermées. Avec le mistral, personne ne songeait à venir se geler au bord de la mer. On n'était pas à Tahiti.

Il fallut, pourtant, que je me rende à l'évidence : je n'avais pas le choix. Alors, à contrecœur, je pris le TGV, direction Marseille-Saint-Charles.

BIBLIOTHEQUE MUNICIPALE
ECOLE J. PREVERT
LE PLESSIS - YZEURE

2

Tonton Toni m'attendait, avec son 4 × 4. Il commença par se lamenter :

– Peuchère ! Tu tombes pas trop bien… Ta mère, elle est bien brave, la pitchoune, avec ce qui lui est dégringolé dessus !

Mais nous aussi on a du travail. On n'aura pas le temps de s'occuper de toi. Remarque, en été non plus, on n'a pas le temps. Mais, en été, les gosses, vous vivez dehors. Y a pas besoin qu'on s'occupe de vous. Je te préviens : Bastien est pas là. Va falloir que tu te *distrayes* tout seul. Ou avec Laulau.

Comme toujours, il me dit que j'avais grandi, que bientôt je le dépasserai. Il disait ça, chaque fois qu'il me voyait. Ce n'était pas difficile de le dépasser. Lui, il ne dépassait pas le mètre soixante-six. Quand on le taquinait là-dessus, il se fâchait :

– Soixante-six et demi !

Il tenait à son demi-centimètre comme à un organe vital. Pourtant, ça ne changeait rien. Son bar lui arrivait au milieu de la poitrine. Pour en imposer aux clients, il avait fait mettre une estrade derrière le comptoir de la Flottille bleue. Le problème, c'est que Mehdi, son serveur, qui était plus grand que lui, paraissait géant sur l'estrade. Alors, tonton Toni n'en imposait à personne. Même pas à Laurette, ma petite cousine de huit ans. Un vrai moustique, celle-là ! Aussi minuscule et aussi collante. Elle jouait dans le bistrot avec ses Barbie, mettait son grain de sel dans les conversations et grimpait parfois sur les genoux des habitués. On aurait dit qu'elle essayait sans cesse de ne pas se faire oublier. Peut-être parce qu'elle était venue au monde par hasard. Un oubli de pilule. Tonton Toni ne se privait pas de le dire, en rigolant, devant n'importe qui. Pas méchamment. Pourtant, il aurait mieux fait de se taire. J'aurais pas aimé, moi, qu'on me traite d'oubli de pilule.

Maintenant qu'elle était là, il l'aimait, la petite. Comme tout le monde. Certains la trouvaient jolie. D'autres rigolote. Moi, ça dépendait des fois. Des fois, elle m'amusait. Le plus souvent, elle m'énervait. Tonton lui passait tout. Il disait :

– Quand je pense que, celle-là, avant sa naissance, je n'en voulais pas ! Même Bastien, à l'époque, je m'en serais bien dispensé. Les gosses, dans un bistrot, ça gêne, c'est toujours dans les pattes. Mais, bon. Bastien, c'est un garçon. Il reprendra peut-être l'affaire, après avoir fini le lycée hôtelier...

Pour l'instant, il me confirma que mon cousin se trouvait en stage d'apprentissage dans une pizzeria, à la montagne, histoire de faire entrer le métier. Moi, je savais que Bastien ne pensait qu'à la plongée. C'était lui qui m'avait entraîné au club, l'été dernier. Il voulait devenir moniteur, comme Manu, son idole. Le bar de la Flottille bleue, c'était pas son truc. Il n'osait pas l'avouer encore à son père. Il attendait d'être majeur.

Lorsque je suis arrivé à la Flottille bleue, Laurette n'a pas souri. Moi non plus. D'abord parce que j'étais de mauvaise humeur, à cause de l'absence de mon cousin. Et puis parce que j'avais peur, si j'étais trop gentil, qu'elle me demande de jouer avec elle aux Barbie ou à autre chose. Occupé à servir le pastis aux clients, mon oncle a lancé :

– Laulau ! Lâche un peu tes poupées et mène Fredo à la maison. Et si ta mère a pas eu le temps de refaire le lit de Bastien, retapez-le ensemble. Manu a dormi là, avant-hier, si je me souviens bien...

Nous avons pris la rue de la Placette pour rejoindre la rue Pite-Pite, qui se prolonge en sentier, à flanc de colline. Le mistral balayait les herbes sauvages. Ça sentait bon. Tout à coup, j'avais l'impression de respirer, après un long séjour en apnée. Je me disais que, finalement, j'étais mieux ici qu'à Paris. Et même qu'à Tahiti. Au moins, je ne faisais de peine à personne. Ni à mon père en refusant de voir la vahiné de ses rêves. Ni à Maman et à ma sœur en y allant.

Nous avons croisé le chien des Bastigues. Il a aboyé, par principe, pour défendre le passage. Laurette lui a caressé la tête. Et il l'a suivie, en frétillant. La maison étroite, tout en hauteur, avait l'air rongée par le sel et le vent. La peinture s'écaillait sur les marches d'escalier en ciment. Les volets bleus avaient un ton fané, qui me rappelait les paupières de tatie Mireille. Ceux de la chambre que je partageais d'habitude avec Bastien et Laurette étaient un peu sortis de leurs gonds. Ceux de la chambre de tatie Mimi et de tonton Toni étaient fermés par une grosse barre. Peut-être qu'on ne les ouvrait pratiquement pas de l'hiver, puisque mon oncle et ma tante ne venaient presque là que pour dormir ? À la belle saison, ces choses ne se remarquaient pas. Sous le soleil, tout a l'air beau, propret. Là, contrairement à Paris, il ne pleuvait pas, mais la nuit tombait tôt, à l'automne. Vers cinq heures. À cinq heures et demie, il faisait noir.

Laurette alluma l'électricité dans le salon-salle-à-manger-cuisine.

– Je monte devant, faire le lit, dit-elle.

Tiens ? D'habitude, elle n'était pas pressée. Elle aimait bien me voir sortir mes affaires de mon sac. Elle posait des questions sur tout. Puis elle voulait souvent me montrer ses jouets dans son coin de la chambre. Des jouets de gamine, qui ne m'intéressaient pas. Je l'avais sans doute trop remballée, la dernière fois.

Après avoir pris le temps de boire un peu de Coca dans le frigo, je grimpai l'escalier en colimaçon derrière elle. Elle avait déjà enlevé les draps et enfilait une nouvelle housse à la couette.

– J'aurais pu t'aider, dis-je, sans le penser vraiment.

– C'est rien. Je descends au sous-sol, mettre la lessive en route.

Je haussai les épaules. Son zèle m'agaçait. Si elle croyait m'amadouer avec ses prévenances, elle se trompait. Je ne jouerais pas aux Barbie, même si elle cirait le parquet devant chacun de mes pas !

Mollement, je rangeai mes sweats dans le tiroir de la commode, à côté de ceux de Bastien et de Manu, et suspendis mes jeans dans le placard. Ensuite, je ne savais déjà plus quoi faire. Je mis mes écouteurs de Walkman et je restai un long moment, vautré sur la couette propre, moelleuse, qui sentait bon l'assouplissant à la lavande. Seul vestige du passage de Manu, sur la table de nuit : un casque de moto. Celui qu'il prête à son passager, quand il en a un. Je l'enfilai, par-dessus les écouteurs. Comme ça, j'étais dans ma bulle. Laurette ne viendrait pas me raconter des histoires de cour de récré que je n'avais pas envie d'entendre. Je somnolais. Je ne me sentais ni bien, ni mal. Puis j'eus à nouveau envie de Coca, de jus d'orange ou de n'importe quoi. Et je redescendis l'escalier.

Laurette était assise dans la balancelle d'osier qu'on met, en été, sur la terrasse et qui encombrait un coin du salon. On ne peut pas dire qu'elle fredonnait. Elle émettait une sorte de murmure continu, en suivant le va-et-vient du fauteuil. Le genre de bruit et de mouvement que les mères font, sans y penser, pour bercer leur enfant. Sauf que là, c'était elle-même qu'elle berçait. Elle avait laissé ses poupées au bistrot. On aurait pu croire qu'elle avait du chagrin. Pas vraiment. En tout cas, elle n'était pas dans son état normal. Je m'étonnai :

– T'es encore là ?

Elle fit un signe de tête, sans répondre.

– Tu regardes pas la télé ?

Elle secoua de nouveau la tête.

– T'es malade ?

– Non.

Elle se leva.

– Maman va passer, avant son service. Faut que je mette la table.

Je haussai les épaules. Si elle avait envie de jouer les petites filles modèles qui font la lessive et dressent le couvert, libre à elle. Moi, j'étais en vacances.

Tatie Mireille arriva à six heures et demie. Elle m'embrassa gentiment, un peu comme si je sortais de l'hôpital.

– Ça va ?

Je haussai les épaules.

– Ben, oui.

– Et ta mère, peuchère ?

– Ça va.

C'était à moitié vrai. Elle allait mieux. Depuis quelque temps, un de ses clients l'invitait souvent au ciné, à la dernière séance. Elle rentrait tard. Je n'avais pas envie d'en parler.

Ma tante ressemblait à Maman. En plus boulotte et en plus marrante. L'été, elle travaillait au bar de la Flottille bleue, qui faisait aussi pizzeria, en terrasse. Elle ne sortait pas de la cuisine. Hors saison, elle allait faire des extras dans les restaurants du Vieux Port, au cœur de Marseille, histoire d'apporter du beurre dans les épinards, comme elle disait. Histoire, surtout, de ne pas mettre Mehdi au chômage en prenant sa place avant le retour des touristes. Car il n'y avait plus grand monde aux Goudes, fin octobre, à part les habitués. Parmi eux, Marcel, Jules, Roger et Ahmed, les retraités qui jouaient aux cartes toute la journée. Inséparables, ils se chipotaient tout le temps mais ne rataient ni l'ouverture, ni la fermeture du bistrot. Les autres piliers de l'établissement, c'était Dédé et Paco, les pêcheurs, Marco, le capitaine du bateau de promenade, et Manu, qui habitait là toute l'année, dans une pièce vaguement aménagée au-dessus. Mais il vivait aussi en partie à la maison, avec le reste de la famille. Des fois, il couchait dans la chambre de Bastien et de Laurette, comme un grand frère. À cette saison, quand le club de plongée était fermé, il partait en moto à l'Estaque, où il donnait des cours de natation dans un centre sportif. À part ça, à cette époque de l'année, la Flottille bleue abritait quelques ouvriers de chantier, qui retapaient des maisons ou entretenaient les ruelles.

Tatie prit un ton joyeux :

– Je voulais vous mijoter quelque chose de bon mais j'ai pas eu le temps de faire les courses. Alors, j'ai acheté des Mac-Do.

Elle s'attendait sans doute à une réaction favorable de notre part. Moi, je m'en fichais. Un Mac-Do de plus ou de moins... La veille au soir, à la maison, Maman m'avait dit la même chose. Le matin, pressée d'ouvrir le magasin après m'avoir accompagné à la gare, elle m'avait encore racheté un Mac-Do pour le train. Laurette, elle, ne dit rien.

– T'es malade ? s'inquiéta à son tour sa mère.

– Non.

– Faudra que je t'emmène chez le pédiatre, pour une visite générale.

La petite eut l'air effrayé.

– Elle a peur des vaccins ! ricanai-je.

Elle se fâcha :

– On t'a pas sonné, toi !

Puis elle monta dans la chambre.

Tatie Mimi s'étonna :

– Vous vous êtes déjà chamaillés ?

Sans attendre la réponse, elle poursuivit :

– Faudra que j'aille voir si tout va bien à l'école. J'ai pas pu tellement m'en occuper, ce trimestre. Si ça se trouve, elle a eu de mauvaises notes et elle ose pas le dire. On verra ça à son carnet. Au fait, quel jour on est ? Elle aurait déjà dû me le montrer...

Elle déballa les Mac-Do, versa les frites dans un saladier.

– Tu vas pas t'embêter ici, sans tes copains ? Sans même Bastien ? Tu sais qu'il est en stage à Chamonix ? Quand il travaillera, ça fera un souci de moins. Laurette, elle s'élève toute seule. Elle est bonne à l'école. J'espère que ça va pas changer avec l'adolescence. Pour l'instant, ce n'est encore qu'une petite fille...

Elle se posta au bas de l'escalier et cria de sa voix sonore :

– Laulau ! À table !

Puis elle remit son manteau.

– Mon service commence dans vingt minutes. Juste le temps d'y aller... Pourvu que ça bouchonne pas, au bout de la corniche ! C'est là que ça coince. Hier, j'ai failli arriver en retard. Vous ne serez pas seuls, Manu a promis de passer. Ça me rassure... On ne sait jamais ce qui peut arriver. C'est isolé, ici, en ce moment.

3

Manu passa vers neuf heures. Laurette et moi, on regardait la télé. Une émission sympa, avec des chanteurs, des comiques. Je riais, enfoncé dans le canapé, les pieds sur la table basse.

Elle s'était assise à nouveau sur la balancelle et commençait à rire aussi, un peu.

Quand il a frappé à la porte, elle a lancé, sans se lever :

– Je suis avec Fredo ! On se garde seuls...

Mais, moi, j'étais content de voir Manu. Mon mono préféré. Un sportif, comme on espérait tous en devenir, quand on serait grands. Il m'avait initié à la plongée. Avec lui, on n'avait peur de rien. On se sentait en sécurité. J'ai laissé tomber l'émission de télé, pour aller ouvrir. Laurette avait tiré le verrou.

Manu ne me parla pas comme à quelqu'un qui sort de l'hôpital. Il n'évoqua ni ma mère, ni mon père, ni le collège. Rien d'ennuyeux. Il dit :

– Ça vous dirait une virée en Zodiac, demain ? La météo est bonne. Le vent est tombé. On pourrait faire un tour des îles...

Ce fut comme un soleil dans la petite maison haute. Les vacances commençaient.

Laurette ouvrit la bouche et moi, je dis : « Oh, oui ! C'est super ! »

Puis Manu s'installa à son tour sur le canapé pour regarder la télé avec nous. Il riait fort, en se tapant sur les cuisses quand il y avait un bon sketch. À la fin de l'émission, il se leva :

– Bon, c'est pas tout ça. J'ai à faire. Comme dit Laulau, vous êtes assez grands pour vous garder tout seuls. Ne vous couchez pas trop tard. Les vacances, c'est fait aussi pour se reposer.

Il repartit. Laurette referma le verrou derrière lui.

Elle descendit à la salle de bains, qui se trouve au sous-sol, et fit claquer la porte. Je l'entendis tirer le loquet et je me dis qu'elle avait grandi, elle aussi. D'un certain côté, c'était mieux : elle ne nous collerait plus comme une mouche, Bastien et moi, à vouloir tout savoir et jouer avec nous. D'un autre côté, c'était un peu triste. Je ne savais pas dire pourquoi.

Je me couchai le premier et n'attendis pas qu'elle monte pour éteindre la lumière. Elle entra sur la pointe des pieds en rasant le mur pour gagner son lit. Je dis :

– Je dors pas encore. Tu peux faire du bruit.

Elle sursauta, comme prise en défaut.

– C'est l'habitude, pour pas réveiller les parents, dans la chambre à côté.

– Tu dors pas déjà depuis longtemps quand ils rentrent ? Ça finit tard pourtant, le bar, le restaurant...

– Oui. Mais des fois, la nuit, je dors pas.

Je croyais que c'était un mal réservé aux adultes, l'insomnie. Ma mère en parlait tout le temps. Moi, même à l'époque où mes parents se disputaient, je finissais par fuir dans le sommeil. C'était mon refuge. Je me disais : « Je vais rêver à Batman. » Et je rêvais à Batman. Ou bien : « Je vais rêver que je gagne la finale de Roland-Garros. » Et je rêvais à la finale de Roland-Garros. C'est probablement pour ça que j'ai tenu le coup, durant toute cette période-là, au bahut.

Laurette, je ne comprenais pas ce qui pouvait l'empêcher de dormir, avec une famille sympa et tout ce calme, autour. C'est compliqué, les filles, des fois. Soudain, je rigolai en pensant à la salle de bains, qui se trouve deux étages plus bas, au bout de deux escaliers plus escarpés que les sentiers qui mènent aux calanques.

– Tu fais pas plus de bruit quand tu es obligée de descendre aux WC, la nuit ?

Elle ne répondit pas. Je perçus le froissement de la couette quand elle se glissa dans son lit. Alors, je ne dis plus rien.

Qu'est-ce qu'elle avait, Laurette ?

4

Le lendemain, à notre réveil, tatie Mimi était dans la cuisine. Le chocolat fumait dans les bols, ça sentait bon le pain grillé.

– Manu a téléphoné. Il passera vous prendre à dix heures. Couvrez-vous bien, quand même ! Je vais vous préparer un panier, pour le casse-croûte.

Pendant que nous déjeunions, elle continua à parler gaiement, tout en faisant un peu de ménage. De temps à autre, elle s'interrompait pour se laisser aller à un élan d'affection. Elle m'embrassa sur la joue en disant :

– Je suis contente que tu sois là ! Laurette sera moins seule. Pas vrai, Laulau ? Elle le dit pas, mais son frère lui manque. Hein, ma poupette, qu'il te manque, notre Bastien ?

La petite ne répondit pas. Quand ma tante partit, le silence creusa comme un vide. Laurette s'était remise dans la balancelle. Mais elle ne fredonnait plus. Pourtant, elle serrait son vieux doudou contre elle. Un lapin tout râpé, qui avait été autrefois en peluche et dont, malgré son âge, elle n'arrivait pas à se séparer. Je montai m'habiller dans la chambre. Quand je redescendis, elle était toujours là, en pyjama, avec son lapin.

– Tu te prépares pas ?

– J'ai pas envie d'y aller.

– Pourquoi ? Ça va être bien, la balade en mer. Il fait beau.

Elle ne répondit encore pas. Lorsque Manu arriva, il la houspilla :

– Quoi ? T'es pas encore prête ? Allez... File là-haut et reviens vite ! Si on veut avoir le temps de faire un bon tour, de pêcher un peu et de pique-niquer, faut pas traîner. Les journées sont courtes à cette saison.

Laurette se leva, sans enthousiasme. Je dis :

– Elle est devenue bizarre. Tu trouves pas ?

Manu haussa les épaules.

– Les filles, tu sais, quand ça grandit, ça change.

Je ne la trouvais pas si grande que ça, pour huit ans. Une vraie crevette.

Puis il m'entraîna sur la terrasse, afin de me montrer les cannes à pêche. Il y en avait une nouvelle, en fibre de verre, ultralégère.

Quand Laurette fut prête, Manu ferma la maison. Il mit la clé au fond d'un pot de fleurs vide, sous un caillou, près de la porte. Nous descendîmes vers le petit port. Le soleil faisait chanter la couleur de l'eau, des barques, des petites maisons dont les balconnets surplombaient les flots. Le Zodiac était là. De la balustrade du bistrot, Mehdi nous fit de grands gestes d'adieu en plaisantant :

– Faites gaffe de pas prendre un espadon, il vous crèverait le bateau !

Derrière lui, tonton Toni ajouta :

– Quand vous rentrerez, venez ici ! On soupera ensemble... Surtout si vous rapportez de quoi faire la bouillabaisse !

Le canot pneumatique s'éloigna. On n'entendit pas les autres blagues des clients qui étaient sortis derrière eux.

La matinée fut bonne. Le Zodiac filait à la surface assez tranquille de l'eau. Un peu d'embruns nous aspergeaient, par moments, mais pas trop. Le vent de la course était vif sur les visages. Il ne faisait ni trop froid, ni trop chaud. On était bien.

Manu arrima le bateau dans une calanque déserte. Il appâta nos cannes et nous nous mîmes à pêcher toute la fin de la matinée.

À midi, il demanda à Laurette de déballer le panier du pique-nique. Elle étendit un torchon sur le sable, sortit les œufs durs, le pain, les tomates et le fromage. J'avais faim. C'était bon de manger sous le soleil.

L'après-midi, la pêche n'étant pas géniale, Manu décida de changer d'endroit et d'avancer sur une pointe rocheuse, plus escarpée, à l'écart de la petite plage. Laurette prétendit être fatiguée. Elle replia ses genoux sous son menton en serrant contre elle son doudou. Manu eut l'air un peu agacé, mais déclara, d'un ton affectueux :

– Bon. Reste-là. Nous, on va y aller. Tu garderas les affaires. Si tu as froid, mets la serviette sur tes épaules, ma chérie.

Et nous partîmes dans les rochers. Nous dûmes enlever nos chaussures pour pénétrer dans l'eau glacée, afin d'accéder à l'endroit qu'il convoitait. C'est alors que je marchai sur un oursin. J'essayai d'avancer. Mais la douleur me gênait. Manu fit une pause pour examiner mon pied. Il grimaça avec compassion.

– Eh bien ! Tu l'as pas raté... Il vaudrait mieux que tu retournes près de Laurette. On verra ça ce soir. J'ai l'habitude. Pour le moment, j'aimerais bien pêcher, tout de même ! On n'a rien pris et les autres vont se payer notre tête, ce soir, au bistrot.

J'étais d'accord. Et je fis demi-tour.

Dans la crique, Laurette n'avait pas changé de place. Elle dessinait machinalement sur le sable, avec le manche d'une petite pelle en plastique. Je m'assis à côté d'elle et lui expliquai ce qui m'était arrivé. Elle ne fit pas de commentaires. Je me demandais combien de temps nous allions rester là, à ne rien faire d'intéressant et à ne rien dire, en attendant le retour de Manu. Alors, pour une fois, c'est moi qui lui proposai :

– Tu veux qu'on joue à quelque chose ?

– À quoi ?

Je regardai autour de nous. Il y avait une grotte, au fond de la calanque.

– On pourrait jouer à l'île au trésor. Je peux pas marcher, mais je peux ramper. On dirait que je suis blessé...

Elle se leva. Et je me traînai derrière elle, à plat ventre, sur la plage. Mais elle se mit à courir. Arrivée devant la grotte, elle creusa une ligne profonde dans le sable humide avec sa pelle et dit :

– Là, c'est la frontière. De l'autre côté, c'est l'enfer.

Elle commençait à m'intéresser. Je ne savais pas qu'elle était capable de jouer à autre chose qu'à des trucs de petits. Ça n'avait pas que des inconvénients qu'elle ait grandi. Elle poursuivit :

– Si tu passes la frontière, tu sais pas où tu vas. Tu risques de te perdre, dans le noir.

J'entrai dans le jeu.

– Et au fond de la grotte, qu'est-ce qu'il y a ? Un labyrinthe ? Et au bout du labyrinthe, un monstre ?

Elle me regarda gravement.

– On sait pas. Des fois, il a une voix gentille. Mais, dans le noir, on ne voit que ses yeux. Ils font peur.

Je cherchai à deviner les règles de son jeu.

– Faut qu'on le chasse de la grotte ? Qu'on délivre quelqu'un ? Qu'on le tue ?

Elle hésita. Puis elle dit :

– Il faudrait le tuer, peut-être... Alors, moi, je brûlerais toutes mes affaires. Je n'aurais même plus de nom. Je garderais même pas mon doudou. J'irais dans la mer. Et je nagerais jusqu'au bout. Peut-être que j'y arriverais pas. Ce serait trop long, trop froid, trop dur. Peut-être qu'elle n'a pas de fin, cette mer ? Peut-être que je disparaîtrais ? Alors, ce serait comme si j'avais jamais existé. Et ce serait fini.

Je n'aimais pas son histoire. Je la trouvais triste. Je préférais l'idée d'un trésor dans la grotte, même s'il fallait combattre un monstre pour s'en emparer. Je le lui dis.

Sur le ton monocorde avec lequel elle m'avait raconté sa version du jeu, elle répondit :

– Peut-être qu'il y avait un trésor... Il n'y est plus.

– Comment tu le sais ?

– Je le sais.

Elle m'irritait, avec son air de tout savoir.

– Tu la connais bien cette calanque ?

Elle fit signe que oui.

– Tu viens souvent, ici ?

– Quelquefois... Avec Manu.

– C'est lui qui t'a parlé d'un trésor ?

Elle hésita.

– Non, d'un secret.

– Quel secret ?

Une fois de plus, elle ne répondit pas. Je me fâchai :

– Comment veux-tu qu'on joue si tu dis rien à fond ?

Elle demeura fermée, immobile. Je décidai de ramper plus avant vers la grotte. Alors, elle saisit une planche, pleine de clous rouillés, qui gisait là, amenée par la mer. Et elle m'en menaça :

– Si tu entres, c'est moi qui te tue !

Surpris, je protestai :

– T'es dingue, ou quoi ? On joue...

Elle lâcha le bout de bois, s'effondra sur le sable, comme une poupée molle.

– J'ai plus envie de jouer.

– T'es pas marrante.

– Je veux mon doudou.

– T'as qu'à aller le chercher.

Tête baissée, à genoux, les cheveux cachant sa figure, elle ne bougea pas.

Le silence s'installa. On n'entendait plus que le bruit du ressac. De mauvaise humeur, je la plantai à l'entrée de sa caverne à secrets, devant sa frontière de sable, et regagnai le sac d'affaires de pêche, le panier vide du pique-nique et la serviette. Il ne me restait plus qu'à trier les hameçons dans leur boîte, histoire de passer le temps, en attendant le retour de Manu.

5

Lorsque nous rejoignîmes le bar de la Flottille bleue, nous fûmes accueillis comme des héros. Manu rapportait de quoi faire sinon une bouillabaisse, du moins une bonne soupe de poissons de roche.

En attendant que Mehdi ait mis le repas en route, dans la cuisine, tonton Toni offrit une tournée de pastis à tout le monde. L'ambiance était à la rigolade. Ça me changeait des histoires sinistres de Laurette.

Manu s'occupa de mon pied. Il savait mieux que quiconque extraire les piquants d'oursin, avec une aiguille, sans charcuter les chairs. Dédé, accoudé au zinc, s'adressa à la petite en l'attrapant et la soulevant par-dessous les bras :

– Et toi, pitchounette, tu en as pris des poissons ?

– Tu parles ! plaisanta Manu. Elle a pas fait grand-chose...

Dédé insista, en essayant de la maintenir en l'air, tandis qu'elle gigotait comme une sardine au bout d'une ligne :

– Allez ! Raconte, ma belle... Dis à Dédé ce que tu as fait pendant que ce ballot de Parisien se faisait transpercer les pieds...

Mais la petite se mit à crier :

– Lâche-moi ! Lâche-moi !

Le pêcheur éclata de rire :

– Regardez-la ! Déjà prête à mordre, comme une jolie tigresse...

Laurette le prit au mot. Elle planta ses dents pointues dans la main velue du bonhomme, qui la laissa retomber sur le carreau en rouspétant :

– Les mômes, aujourd'hui, y-z'ont plus de respect !

– Salaud ! hurla Laurette.

Un silence de consternation s'étendit le long du comptoir.

Tonton Toni se dressa sur son estrade.

– Laulau, sois polie, veux-tu ? Dédé voulait juste être gentil. Excuse-toi tout de suite...

Mehdi, qui revenait de la cuisine, intervint :

– Bah ! Laissez-la... C'est une gosse. Elle ne sait pas tout à fait ce qu'elle dit.

Roger ricana :

– Tu peux parler, toi ! Dans ton pays, les gamines, à cet âge-là, elles sont déjà bonnes à marier. Elles n'ont qu'à se taire et faire le couscous.

Mehdi répondit calmement :

– Mon pays, c'est ici. Je suis né à Marseille.

– Et ta sœur ? Tu la surveilles pas autant que ta petite amie, peut-être ?

– Si. Je la surveille. Justement. Et personne a le droit d'y toucher.

– Ça, c'est vrai, confirma le vieil Ahmed.

Laurette étouffa une sorte de sanglot. Sans prévenir, elle courut vers la porte du bistrot et sortit.

– Laulau ! cria son père. Reviens ici immédiatement ! Tu t'excuses et on se la mange, cette soupe de poissons. Tu vas pas nous gâcher la soirée ?

Comme elle n'obéissait pas, il me lança :

– Va voir si elle va bien à la maison. Et si elle ne veut pas revenir, tant pis pour elle ! Elle ne dînera pas avec nous. Dis-lui de se coucher. Et... pas de télé, ce soir ! Ça lui apprendra à insulter les clients.

Je renfilai ma chaussure pour courir tant bien que mal après ma cousine. Je la vis, à quelques dizaines de mètres d'avance, grimper la rue Pite-Pite. Le chien des Bastigues aboya. Elle n'y prêta pas attention et il se recoucha sur le sentier après qu'elle fut passée.

Quand j'entrai dans la maison, Laurette pleurait en silence, lovée dans la balancelle. Je me sentis gêné.

– Qu'est-ce que tu as ? C'est pas si grave...

Elle ne répondit pas. On aurait dit que quelque chose encombrait sa poitrine et sa gorge, trop énorme pour s'évacuer. Je tentai de la consoler :

– Il voulait pas t'embêter, ce mec. Il était juste un peu gai, à cause du pastis.

– Elle leva les yeux vers moi :

– Qu'est-ce que tu en sais ?

Je ne trouvai rien à répondre. Elle répéta, agressive :

– Qu'est-ce que tu sais des gens, toi ?

Je tentai de raisonner :

– D'accord, je les connais pas bien, Dédé et les autres. Mais, tout de même... Il y a Mehdi et Manu.

Elle eut un sourire qui n'en était pas un. Une grimace entre la douleur et la haine.

– T'es comme moi. T'es qu'un enfant. Eux, c'est des grands. Ils ont toujours raison. Ils ont tous les droits.

Désorienté par sa violence et son amertume, je tentai de poursuivre :

– Faut pas exagérer ! On nous laisse faire pas mal ce qu'on veut, malgré tout.

Comme si elle ne m'avait pas entendu, elle poursuivit :

– Nous, on est si petits qu'on est presque des choses. Oui... des choses ! On doit faire tout comme ils veulent. Tout le temps. Et en plus, il faudrait rien dire. Jamais.

Je trouvais qu'elle poussait un peu. La discussion commençait à m'ennuyer. Je voulais qu'on retourne au bistrot, car je n'avais aucune envie de rester seul ici, avec elle, à cafarder, lorsque Manu poussa la porte.

– Eh bien, les mômes, ça va pas ? C'est quoi, tout ce cirque, ma Laulau ? Tu vas pas nous faire une tartine pour rien... Je lui ai dit, à Dédé, qu'il aurait pas dû te traiter comme un bébé. Il recommencera plus.

Il s'approcha de la balancelle, força Laurette à s'en extraire et à venir s'asseoir sur le canapé, avec lui.

– Tonton Manu est là pour te protéger, ma douce. Pas vrai ?

Elle ne répondit pas.

– On va aller la manger, cette soupe de poissons, maintenant. J'ai parlé à ton père. Il est plus fâché.

Personnellement, je trouvai que Laurette avait de la chance. Depuis le départ de ma sœur aînée, chez moi, il n'y avait personne pour prendre mon parti, pour m'arranger le coup quand j'étais en bisbille avec

Maman, avec un prof du collège ou avec un copain.

Manu voulut embrasser la petite. Mais elle recula la tête, d'un geste brusque. Alors, il se contenta d'une brève caresse affectueuse sur ses cheveux, se leva et sortit. Je le suivis aussitôt. Sur la terrasse, je me retournai. Laurette prenait son lapin avant de nous emboîter le pas. Elle le serrait contre elle comme si c'était la dernière chose au monde qui lui restait. On aurait dit une de ces orphelines égarées sur un chemin, dans un pays en guerre, comme on en voit souvent dans les magazines, à la télé, ou dans certains films. Je trouvai qu'elle exagérait, qu'elle se la jouait mélo, qu'on n'était pas au cinéma, ni aux infos. Mais, quand elle franchit le seuil, je ne sais pas pourquoi, je pensai à la frontière de sable qu'elle avait tracée sur la plage. Et au secret qu'elle partageait avec Manu. Mais ce n'était pas le moment d'en parler.

6

Le lendemain, c'était le jour de congé de Mehdi. Il me proposa d'aller avec lui à La Ciotat, réparer un vieux bateau qu'il comptait remettre à flot le plus vite possible.

J'acceptai de bon cœur. C'était une distraction comme une autre et j'adorais bricoler.

Manu dit à Laurette :

– Toi, ma poulette, tu viendras avec moi, au centre sportif, pour ton cours de natation.

Laurette répondit :

– J'ai pas envie.

Son père protesta :

– Tu vas pas recommencer à faire ta mauvaise tête ! Tu nages comme un caillou… C'est pas la gloire, pour une fille de Marseille ! Tu iras avec ton oncle, un point c'est tout.

– Allez, ma biche… Va chercher ton casque ! ordonna tranquillement Manu.

– Je sais pas où il est.

J'intervins :

– Sur ma table de nuit.

Ma cousine me jeta un coup d'œil de reproche. J'eus la curieuse impression de l'avoir trahie. Puis, tandis qu'elle s'éloignait, je me dis qu'il y avait tout de même des choses plus désagréables que d'apprendre la brasse.

Un moment plus tard, Laurette et son oncle partirent de leur côté, sur la moto. Mehdi m'emmena à La Ciotat, dans son vieux break. J'aimais bien la route. Elle traversait le massif des Calanques. Il y avait des zones sinueuses, escarpées, et des plateaux plus vastes, couverts de bruyères mauves, où le vent galopait, sans obstacle.

Mehdi conduisait bien, silencieusement. En chemin, il me demanda :

– Elle te parle, à toi, Laulau ?

Je ne savais trop quoi répondre. Elle était moins bavarde qu'avant. Mais... avant quoi ? J'essayai de comprendre ce qu'il voulait dire.

– Tu sais, elle est petite. Je préfère être avec mes copains, ou avec Bastien, quand il est là. L'autre jour, on a voulu jouer, elle et moi, dans la crique où on était partis pêcher, avec Manu. Elle a inventé tout un film. Une frontière, sur le sable, devant la grotte. Avec un monstre, dans le noir, qui nous regardait.

Ou quelque chose comme ça. Elle a voulu me frapper, avec un morceau de bois plein de clous rouillés, quand elle a cru que je voulais franchir sa frontière et entrer dans la caverne.

Il eut l'air préoccupé.

– Elle t'a rien dit de plus ?

Je réfléchis.

– Si. Une histoire de trésor, ou de secret... Mais ça, ça aurait pu être marrant !

Il haussa les épaules.

– Quel trésor ? Avec le nombre de touristes qui débarquent ici chaque année, il y a longtemps qu'il aurait été trouvé !

J'approuvai :

– C'est vrai ! Elle a dû inventer ça pour rire, un jour, avec Manu. C'est vrai aussi qu'elle a l'air bizarre. Avant, elle était plus chipie mais plus rigolote.

– Avant quoi ? insista Mehdi.

– Je sais pas. Ce que je sais, c'est qu'avant elle faisait tout pour se faire remarquer. Maintenant, c'est le contraire. On dirait qu'elle voudrait qu'on l'oublie. D'ailleurs, elle m'a raconté un truc, comme ça, où elle nagerait jusqu'au bout de la mer, pour disparaître.

Il y eut un silence pesant. Mehdi murmura :

– J'en parlerai à Delphine.

– C'est qui, Delphine ?

– Ma copine. Elle est éducatrice dans les quartiers Nord.

Je rigolai :

– T'es amoureux, alors ?

Il rit aussi :

– Eh oui !... Ça arrive à tout le monde, un jour. L'année prochaine, on vivra ensemble. Elle a un cabanon à Morgiou, tu connais ?

– Tu parles ! C'est ma calanque préférée... On a descendu la route à toute vitesse en VTT, l'été dernier, avec Bastien. Quand on arrive, c'est le pied ! Y a des fleurs partout dans les petites rues et une dame très gentille, qui s'appelle Colette et qui nous a donné à boire. Mais pour remonter, c'est galère !

Joyeux, il changea de sujet :

– Tu vas voir, il a l'air pourri mon rafiot, mais il suffit de peu de chose pour l'arranger. Et alors, ça fera un sacré pointu ! Pour la pêche, y a pas mieux. Bientôt, on ira de La Ciotat à Cassis, de Cassis à Morgiou, de Morgiou à l'île Tiboulen, de l'île Tiboulen à l'Estaque et de l'Estaque à Niolon, à l'aise...

J'aimais bien son côté actif à Mehdi. Actif, mais disponible. Avec lui, on pouvait discuter, participer, faire des choses. C'était pas comme avec les parents. Plutôt comme avec Manu. Pour eux, la vie ne se résumait pas à courir de corvée en corvée. Ils donnaient envie de devenir grand.

Au retour, Manu était rentré à la Flottille bleue. Il bavardait gaiement avec les clients tout en réparant une nasse. Mehdi demanda :

– Elle est où, Laurette ?

– À la maison, je crois.

– Va voir, Fredo ! me lança Mehdi. C'est pas bien qu'elle soit toujours seule, cette petite.

– Eh ! C'est pas ta sœur... Joue pas au caïd maghrébin ! T'es pas responsable de toutes les nanas, ici... plaisanta Dédé.

Mehdi lui lança un regard noir. Depuis l'incident, avec Laurette, il ne parlait plus à Dédé. On voyait qu'il le servait, parce qu'il y était obligé, c'est tout. Mais on sentait qu'il se retenait de lui envoyer son poing dans la gueule, s'il allait trop loin.

Je sortis, de mauvaise humeur. Moi non plus, Laurette n'était pas ma sœur. Pas mon rôle de la surveiller ! Celui de ses parents. À la rigueur, de Bastien. Mais Bastien, il était pas là. Et c'était justement le problème. D'habitude, on n'en avait rien à faire de la petite, ni de rien. On faisait ce qui nous plaisait sans se préoccuper d'autre chose.

Le vent venait de se lever. La porte de la maison battait, entrouverte. Pas de lumière dans la salle à manger. Je grimpai aux chambres. Personne. Je redescendis les deux étages vers la salle de bains. Derrière la porte close, j'appelai :

– Laurette ?

Pas de réponse. Pas un bruit. Elle m'énervait.

– Avant, elle nous collait tout le temps, en parlant sans arrêt. Maintenant, elle a trouvé une autre façon de se rendre intéressante !

Je râlais, seul, à haute voix. Mais, dans le fond, je sentais monter une angoisse. Je ressortis de la maison et courus, en haut, sur le sentier, jusqu'au dernier cabanon. Je savais qu'il était fermé, mais on ne sait jamais... Elle avait peut-être eu envie d'aller jouer, dans le jardinet, à l'arrière ? Le jour déclinait. D'un côté, le petit port des Goudes s'obscurcissait. Les réverbères s'allumaient, les fenêtres aussi. Les ombres s'allongeaient. De l'autre, les herbes et les pierres gémissaient sur la colline. Plus loin, la mer grondait, enflant et agitant ses vagues comme un animal énervé gonfle ses plumes ou ses poils.

Je fis encore quelques pas, jusqu'au sommet. Et je la vis. Elle se tenait à une dizaine de mètres, sur le versant, plus bas, assise, toute droite, regardant fixement le soleil se coucher. Je la rejoignis.

– Qu'est-ce que tu fais là ? Il va faire bientôt nuit. T'es dingue, ou quoi ? Tout le monde s'inquiète...

Elle se retourna, me fixa droit dans les yeux et dit :

– Tout le monde s'en fout.

Je protestai :

– Mais non ! Tout le monde s'en fout pas ! Mehdi se fait du souci. C'est pour ça que je suis là.

Elle haussa les épaules.

– Et Papa ?

– Il a rien dit, mais s'il savait, il serait pas content non plus que tu sois pas à la maison.

– Il fait attention à rien.

– Il a pas le temps.

– Il a jamais le temps ! Maman non plus...

Je m'emportai :

– Te plains pas ! Toi, ils sont là, tous les deux. Vous habitez sous le même toit. Vous formez une vraie famille, avec Manu. Moi, mon père, il s'est barré à Tahiti et, ma sœur, elle habite à Londres. Si tu crois que c'est plus marrant !

Elle replia les genoux sous son menton.

– Tu comprends rien. Tu peux pas comprendre.

Je la forçai à se relever en la tirant par le bras, furieux :

– Toi non plus, tu peux pas comprendre ! T'es trop gâtée. Tout le monde s'occupe de toi. Tout le monde t'aime et t'es même pas contente ! Allez... Viens ! On va se faire engueuler, si on rentre pas.

Elle me suivit, docile. J'en fus presque surpris. Je m'attendais à un nouveau caprice.

Mais elle ne s'adressa plus à moi. Ni sur le chemin, ni à la maison.

Tatie Mireille était rentrée. Elle préparait le dîner. Son accueil fut enjoué. Elle nous raconta quelques anecdotes de sa journée en ville. Plus tard, tonton Toni et Manu nous rejoignirent. À table, on parla du temps, de certains clients, des travaux de voirie qui défonçaient la rue principale. Manu proposa une partie de Scrabble. D'office, il organisa les équipes : lui et moi, contre tonton Toni et Laurette, pendant que Tatie rangeait les restes du dîner en rouspétant :

– Et voilà ! J'ai pas le temps de jouer, moi... On me laisse toujours les corvées. Tiens, Manu : tu me déboucheras le lavabo de la salle de bains. Il s'écoule pas bien. Et tu vérifieras le brûleur de la chaudière, à côté. Il m'a l'air à bout de souffle...

La partie fut animée. Tonton Toni se trompait souvent d'orthographe. Manu et moi, on était les plus forts. On rigolait. Je ne me souviens plus si Laurette riait aussi. Je crois que non, finalement.

Quand vint l'heure de se coucher, tatie Mimi dit à son beau-frère :

– Tu restes dormir ici ?

Manu répondit :

– Non. Fredo a pris le lit de Bastien.

– Je peux t'ouvrir le pliant, si tu veux.

– Pas la peine. Je rentre.

Plus tard, quand la lumière fut éteinte, Laurette me souffla dans le noir :

– Les yeux du monstre, ils me regardent, la nuit. C'est pour ça que je ne peux pas dormir, des fois.

J'en avais marre de ses histoires. On n'était plus dans la crique, devant la caverne. Mais je me dis qu'elle était petite. Moi, quand j'étais petit, il m'arrivait aussi de faire des cauchemars. Souvent le même. On me poussait du haut d'un immeuble. Et je tombais, je tombais sans fin. Je me réveillais, en sueur. J'appelais Maman. Elle venait toujours. Quand elle n'était pas là, c'était ma sœur qui venait. Pour me rassurer, elle s'allongeait un instant à côté de moi, sur mon lit. Lorsque je me rendormais, elle retournait dans le sien. Le matin, je ne savais plus si j'avais rêvé ou non.

Ça ne me tentait pas, mais je proposai :

– Tu veux que je vienne un moment près de toi, si tu as peur ?

Elle ne répondit pas. Je pensai qu'elle s'était endormie, quoi qu'elle en dise.

7

Il y eut une journée de tempête. Du vent déchaîné, qui fit battre les volets plus fort, tanguer les barques dans le port, se dénuder les branches des buissons. De violents paquets de vagues éclaboussèrent la route.

Les ouvriers furent obligés de suspendre leur chantier. À la Flottille bleue, on avait bien fermé les fenêtres. Du sel se collait aux vitres. On n'y voyait presque plus au-dehors. Les habitués buvaient un peu moins de pastis et un peu plus de boissons chaudes. Du coup, ils étaient moins bavards. Ça n'empêchait pas Marcel, Jules, Roger et Ahmed de se disputer, autour de leur éternelle belote. Laurette jouait mollement dans un coin, avec ses Barbie. Je m'approchai :

– Et si on faisait une partie de cartes, nous aussi ?

Elle tourna la tête vers l'extérieur, où les bourrasques s'amplifiaient.

– Peut-être qu'une vague va tout emporter ? dit-elle. Une plus grosse que les autres. Et ce sera fini.

Je laissai tomber mon idée de partie de cartes. De toute façon, elle ne m'écoutait pas. Elle poursuivait son film. Et je ne l'aimais pas, son film. Il me mettait mal à l'aise. Je ne savais dire pourquoi. Si elle avait employé un autre ton, si elle avait eu une autre attitude, son histoire m'aurait amusé. J'aurais même inventé la suite : une aventure de corsaires ou de science-fiction. Mais là, non. On aurait dit que c'était vrai. Qu'elle souhaitait réellement qu'un raz-de-marée emporte le bar et nous tous, qu'il nous efface de la planète. Je commençais à penser que tatie Mimi avait raison : elle ferait mieux de l'emmener chez le docteur, Laurette, parce qu'elle tournait pas rond.

Puis le temps changea, brusquement, et il y eut plusieurs belles journées d'affilée. Mehdi en profita pour aller retaper son bateau et Manu pour nous emmener à Figuerolles.

Là, l'herbe, les pins et les fleurs poussaient sur une terre écarlate. Les falaises flamboyantes tombaient à pic dans la baie aux ondes d'un turquoise profond. Manu pointa le doigt :

– Ça, c'est la tête de l'aigle rouge, dit-il en montrant un piton rocheux.

– Non, répliqua Laurette, c'est la tête du monstre sanglant.

Cette fois, son oncle se fâcha :

– Arrête tes enfantillages ! Nous, on veut passer une bonne journée.

J'étais d'accord et commençai à descendre l'escalier de pierre qui longeait les terrasses d'un joli restaurant, à flanc de pente. L'établissement était fermé. À cette saison, les propriétaires prenaient leurs vacances. Chacun son tour. En bas, les quelques bungalows qu'ils louaient en été étaient également déserts. Leurs jardinets prenaient des allures hirsutes. Nous atteignîmes la plage de galets aux couleurs d'ambre et de corail, sans rencontrer personne. Manu se déchaussa et entra dans l'eau claire. Il s'écria :

– Même pas vraiment froide, pour un début novembre !... On pourrait presque se baigner.

Mais moi, frustré d'en avoir été empêché la dernière fois, je voulais pêcher sans plus tarder.

– Vas-y sans nous, là-bas, au bout. Tu sais comment faire pour appâter et lancer, n'est-ce pas ? Moi, je reste avec Laulau. On prendra le soleil.

Je m'éloignai. À l'anse de la crique, alors que je me retournais pour leur faire un signe, je vis Manu entraîner ma cousine vers l'un des bungalows fermés. Ils disparurent à l'arrière. J'avançai encore. La plage s'éclipsa de mon paysage. Seule, la mer s'étendait devant moi. Je m'installai, avec mon matériel, sur un rocher plat et réussis à jeter l'hameçon pourvu de son vers frétillant, sans l'accrocher aux récifs. Au bout d'une heure, j'avais pris un petit rouget et deux sardines.

Tout fier, je revins vers la grève de galets. De loin, j'aperçus Manu agenouillé sur le sol, en caleçon. Debout, devant lui, Laurette se tenait, les mains recroquevillées sur sa culotte. Lorsque j'approchai, Manu s'adressa à moi en riant :

– Elle veut pas l'enlever pour se baigner ! Comme on n'a pas de maillots, ni de slips de rechange, c'est débile... Non ? Moi encore, je pourrais réenfiler mes jeans sans rien dessous. Mais elle, avec la petite jupe ras des fesses qu'elle a eu l'idée de mettre ce matin, elle va tout de même pas rentrer cul nu ou mouillé, hein ?

Il y avait quelque chose qui sonnait faux dans son ton enjoué. Pour la première fois, je me dis que Manu pouvait mentir, faire semblant d'être innocent. Mais innocent de quoi ? J'observai ma cousine. Elle serrait les dents comme si elle avait froid et sortait de l'eau. Pourtant, il faisait chaud et elle n'était même pas entrée dans la mer. Je lui demandai :

– T'as pas envie de te baigner ?

Elle secoua la tête, sans desserrer les mâchoires.

Je me tournai vers Manu :

– Pourquoi tu la forces ?

Il eut un regard que je ne lui connaissais pas. À la fois dur, bref et fuyant. Un regard qui cachait des choses derrière un écran. Même sa voix me parut différente, tranchante, artificielle. Il dit :

– Ça lui ferait du bien.

Je sentis monter en moi une sorte de colère :

– Et si elle pense que ça ne lui fait pas du bien, elle, de se baigner dans l'eau glacée, au mois de novembre ? C'est son droit. C'est son corps à elle, non ?

J'étais furieux, bouillant d'indignation et de coups de soleil. Manu éclata d'un rire factice et s'exclama, comme s'il prenait d'autres gens à témoin :

– Regardez-moi ce petit coq ! Ah ! les gamins, maintenant, tous les mêmes... On veut leur faire plaisir et voilà ce qu'on récolte.

Je protestai encore :

– Et si ça lui fait pas plaisir, à Laurette, de se mettre toute nue devant nous et de se tremper dans l'eau froide ?

Cette fois, il me jeta carrément un regard qui tue, fulgurant. Jamais, depuis que je le connaissais, je n'avais décelé en lui autant de violence contenue. Il était aussi livide que je devais être rouge.

Il se revêtit prestement en sifflant d'un ton glacial :

– Bon. On rentre. Ça suffit comme ça. J'ai autre chose à faire que de jouer les baby-sitters.

Et il partit. Tandis qu'il grimpait la pente vers la voiture, sans nous prêter plus d'attention, je me tournai vers Laurette. Elle n'avait pas dit un mot, pas fait un geste, les mains toujours croisées devant sa culotte. Je m'inquiétai :

– Ça va ? Tu te rhabilles pas ?

Elle demeurait immobile. Ses yeux semblaient regarder à l'intérieur d'elle-même les images du film que je ne connaissais pas. Seulement là, elle n'en parlait plus. Je l'aidai à enfiler son T-shirt et à agrafer sa jupe. Je ne m'étais jamais occupé d'un plus petit que moi. Encore moins d'une fille. Mes doigts m'apparurent plus maladroits à tirer une fermeture Éclair qu'à appâter un hameçon. Mais j'y parvins et je fis passer ma cousine devant moi pour remonter en haut de la crique. J'avais l'impression que, si je la laissais en arrière, elle ne me suivrait pas. Elle resterait là, sur la plage, avec son doudou, jusqu'à ce qu'une vague l'emporte.

Dans la voiture, le silence fut total pendant tout le trajet. Manu nous déposa sur la placette, sans desserrer les mâchoires, et repartit aussitôt en direction de la Pointe rouge.

À la maison, Laurette réintégra la balancelle, où elle se lova, les bras encerclant ses jambes de façon si serrée qu'on aurait eu du mal à la déplier. Je branchai la télévision. Mais rien ne m'intéressait. Je zappais sans arriver à fixer mon attention. Une sale sensation m'envahissait. Manu avait toujours été pour moi comme un grand cousin, plus âgé. Un modèle de sportif accompli auquel j'aurais aimé ressembler, plus tard. Il ne m'avait jamais ménagé ni son temps ni son affection. Même s'il n'y avait jamais eu entre nous de grandes effusions. Et, soudain, il m'apparaissait hostile, presque dangereux. Des bribes de phrases de la petite me revenaient à l'esprit : « Qu'est-ce que tu sais des gens, toi ?... T'es comme moi... T'es qu'un enfant... Eux, c'est des grands... Ils ont toujours raison... Ils ont tous les droits. »

Non. Ils n'avaient pas tous les droits, les adultes. Il y en avait qui exagéraient. Ceux-là, il valait mieux ne pas leur faire trop confiance. Jusque-là, Manu, je lui faisais confiance, à lui. Les yeux fermés. J'avais intérêt ! Parce que, en plongée, si on ne fait pas confiance à son moniteur, on est mort. En qui pourrais-je croire, à présent, si je ne faisais plus confiance à Manu ? Mon père vivait au loin. Ma sœur aussi. Maman, tatie Mireille et tonton Toni étaient trop occupés... Un gros chagrin s'accumulait dans ma poitrine, envahissant ma gorge rétrécie en entonnoir, et menaçant de déborder par ma bouche. Je sentais que j'allais exploser comme une Cocotte-Minute sans soupape, si je tentais de le réprimer. Mais je réussis à le dissiper en respirant à fond. D'abord, parce que je ne voulais pas pleurer devant Laurette. Et puis parce que je m'étais peut-être laissé avoir par son film... Qu'est-ce qu'il avait fait de mal, Manu, après tout, à part de vouloir qu'elle se baigne ? Pas faux, ce qu'avait dit tonton Toni, qu'elle nageait comme un caillou, Laurette ! Pour une fille des Goudes, c'était plutôt la honte... Avec toutes ses manières de petite bêcheuse, elle avait fini par nous faire disputer. Mais il y avait eu ce regard de Manu. Un regard de crotale. Ce ton si différent. Et puis, on ne force personne à entrer dans la mer, début novembre...

Je ne savais plus quoi penser. Alors, en conclusion, je me dis que, demain, je parlerais de tout cela à Mehdi.

8

Je m'attendais plutôt à ce qu'il m'envoie balader. Le moment était mal choisi. Il avait beaucoup de travail et s'empressait de ranger le bar avant de rejoindre sa fiancée. Mais il prit mon récit très au sérieux.

Il me posa même quelques questions embarrassantes du genre :

« Et Manu, il l'avait gardé son caleçon, lui ? »

Je répondis que oui. J'en étais sûr. Mais il pouvait l'avoir enlevé avant, pour se baigner, pendant que je pêchais. Et remis avant mon retour. Ça, je ne le savais pas. D'ailleurs, ce n'était pas grave de se baigner à poil. Beaucoup de gens le faisaient, l'été, à l'abri des récifs, et personne n'y voyait d'inconvénient. Mehdi affirma :

– C'est pas pareil.

Il réfléchit brièvement avant de demander :

– Elle t'a raconté des choses, Laurette ?

J'hésitai un peu, parce que je craignais qu'il ne rigole à ces inventions, mais je finis par tout lui dire : les insomnies de ma cousine au sujet du monstre dont elle avait déjà parlé devant la grotte, les yeux qui brillaient dans la chambre, la nuit, et Laurette qui voulait s'en aller dans la mer alors qu'elle nageait comme un caillou, en abandonnant tout, même son doudou, pour disparaître à tout jamais...

Il m'écouta avec la plus grande attention. Puis il conclut :

– Ce soir, j'en parlerai à Delphine. Elle s'y connaît en psychologie et elle a l'habitude de démêler des situations difficiles.

Il me tapota l'épaule :

– T'inquiète pas. Tu peux me faire confiance.

Je le regardai, droit dans les yeux, jusqu'au fond. Et je sus que, lui, il disait vrai.

Le lendemain, tatie Mireille préparait le repas du soir, lorsque Delphine arriva à la maison. Elles s'embrassèrent, car elles se connaissaient déjà. Il y avait quelques semaines, Mehdi avait présenté sa fiancée à ses patrons. Puis Delphine nous demanda, à Laurette et à moi, de monter à l'étage, car elles avaient à bavarder, entre femmes.

En haut, ma cousine s'assit sur son lit. Pour mieux distraire son attention, je lui proposai de lui prêter mon Walkman. Pendant ce temps, j'allai m'installer discrètement sur la dernière marche de l'escalier, afin d'écouter la conversation des adultes. J'entendis l'amie de Mehdi dire à ma tante :

– C'est joli ici... Quelle vue magnifique ! Vous avez combien de chambres ?

– Deux, seulement, répondit Tatie. La maison est tout en hauteur. Tu sais, comme la majorité des logements ici, ce n'est qu'un cabanon amélioré. C'est l'arrière-grand-père de Toni qui l'a construit, dans les années trente, pour venir pêcher au calme. Ensuite, ses grands-parents l'ont un peu mieux aménagé. Puis, à la fin des années cinquante, ses parents ont surélevé le toit pour bâtir les deux pièces du haut. Ils possédaient déjà un coin cuisine, mais ils se lavaient encore à l'évier, ou sous le jet, à l'extérieur. Quand je me suis mariée avec Toni et qu'il a acheté le bar, on a décidé de vivre entièrement ici. Alors, on a installé la salle de bains, au sous-sol. Elle est aussi grande que tout le reste, avec le cagibi du chauffage central. Cette maison, c'est comme un gâteau : les niveaux sont des couches de même taille.

Elle rit. Delphine enchaîna :

– Alors, Bastien et Laurette partagent la même chambre ?

– Oui. Ils ne se disputent pas trop, malgré la différence d'âge.

– Et de sexe, ajouta Delphine. Tout de même, Bastien se fait homme. Vous ne songez pas à agrandir encore ?

– Rehausser le gâteau ? Avec tout le chantier que ça veut dire ? Merci bien ! J'ai déjà eu mon compte avec celui de la salle de bains et de la chaudière... Et dire que, pendant tout ce temps-là, je ne me suis jamais arrêtée de travailler ! D'ailleurs, Bastien, il est plus là pour longtemps. Après son stage, il va se faire embaucher aussi sur le Vieux Port. Ça lui apprendra le métier. Et puis, c'est plus vivant qu'ici, l'hiver, pour un garçon de son âge...

– Et Manu ? Il habite où ?

– Au-dessus du bistrot. Mais il vient très souvent chez nous. Il s'y sent encore chez lui, c'est normal.

– Il dort où, quand il vient ?

– Dans la chambre, avec les enfants. C'était la sienne, avant. Pas la place de déplier un canapé dans le salon ! Quand Bastien est là, je lui dresse un lit de camp. Sinon, il reprend le sien.

– Et Laurette ?

– Quoi, Laurette ? Elle a le sien aussi...

Il y eut un silence, comme si Delphine cherchait avec soin les mots qui convenaient. Puis elle dit :

– Tu sais, Mireille, il ne faut pas confondre familiarité et promiscuité. L'intimité, ça se respecte. Même celle d'une gamine de huit ans.

La voix de Tatie se fit moins joviale :

– Qu'est-ce que tu veux insinuer ?

Celle de Delphine se voulut apaisante :

– Je n'insinue rien. Ce sont des faits. Laurette est une petite fille et il n'est pas tout à fait naturel qu'elle dorme tout le temps avec son frère de seize ans et encore moins avec son oncle de trente.

Cette fois, Tatie se mit carrément en colère :

– C'est la meilleure celle-là ! Qui es-tu pour venir nous donner des leçons ? C'est toi qui les paieras, les travaux supplémentaires, pour agrandir la maison ? À force de bosser parmi tous tes paumés, tu vois le mal partout ! On n'est pas dans les quartiers Nord, ici... On est aux Goudes. C'est beau. C'est sain. C'est normal. Les gens se connaissent depuis des générations. Et ça fait des générations qu'on vit serrés les uns contre les autres sans qu'il se passe la moindre cochonnerie. Avec toute ta psychologie, tu es devenue tordue, ma pauvre fille... Je te conseille pas d'aller raconter des inventions pareilles à mon Toni. Il t'interdirait de remettre les pieds ici.

Il y eut un bruit de chaises. Delphine s'en allait. Avant de sortir, elle lança encore, avec douceur :

– Je comprends ta réaction, Mireille. Mais tout de même, réfléchis…

La porte ponctua sa phrase d'un bruit mat. Un moment, j'entendis Tatie remuer vaisselle et casseroles avec nervosité. La conversation avait anéanti sa bonne humeur naturelle. Elle rouspétait, toute seule :

– C'est des divagations… Elle travaille trop. Ou elle regarde trop la télé…

Je jugeai plus sage d'attendre un peu avant de descendre. Lorsque je la rejoignis, elle me jeta un regard en biais :

– Tu la trouves changée, toi, Laurette ?

Je sentis qu'elle allait me bombarder de questions. Comme je ne savais que répondre sans accuser Manu, sans preuves, je m'en voulus d'avoir déclenché l'affaire. Heureusement, notre face-à-face fut interrompu par l'arrivée de tonton Toni.

– J'ai fermé le bar plus tôt. Ah ! ces vieux qui se chamaillent sans arrêt, ils m'ont pris la tête, aujourd'hui. Roger voulait que je dise si j'avais vu Ahmed tricher au moment où il abattait son carré d'as... Comme si j'avais le temps de jouer à la belote par-dessus leur épaule ! Et Ahmed qui jurait sur le Coran qu'il ne trichait jamais... Quel pastis ! Qu'est-ce qu'on mange ?

Tatie Mireille explosa :

– Quoi, qu'est-ce qu'on mange ? Parce que j'en ai plus que toi du temps, peut-être, moi ? Avec le ménage, les courses, le restaurant... À part tes nouvelles de comptoir, tu t'intéresses à rien, même pas à tes enfants ! Demain, je prendrai rendez-vous chez le pédiatre, pour Laurette. Et j'irai voir son institutrice.

Elle lança son torchon sur le canapé et grimpa les marches du petit escalier qui trembla sous ses pas énergiques, avant que la porte de sa chambre ne claque.

– Qu'est-ce qui lui prend ? s'étonna l'oncle Toni.

9

À u petit déjeuner, Laurette me contemplait fixement. Agacé, je décidai d'attaquer le premier :

– Qu'est-ce que tu as à me regarder comme ça ?

– Tu as répété à Maman ce que je t'avais dit ?

La colère me monta au nez :

– Qu'est-ce que j'aurais pu lui répéter ? Tu parles pas, ou alors sous forme de rébus. J'en ai marre de tes salades ! À cause de toi, j'ai plus confiance en Manu. Mehdi et Delphine se font des idées, et ta mère est fâchée. Un beau gâchis... Bonjour, les vacances ! J'aurais mieux fait de rester à Paris.

Elle étreignit son doudou en gémissant :

– Alors, toi aussi, tu t'en fous ?

Je hurlai :

– Oui, je m'en fous ! T'es cinglée... Heureusement, ta mère va t'emmener chez le toubib et elle ira parler avec ta maîtresse. Ensuite, on y verra plus clair.

Puis, je la plantai là.

Je pris le vélo pour aller seul à Callelongue. Parce que, par cette route, on ne pouvait aller plus loin. J'étais au bout. Au bout du rouleau de ma patience. Toute l'année, j'avais subi, sans rien dire, les conflits de mes parents. Maintenant, il me fallait partager les délires de ma cousine. C'était trop. J'hallucinais.

Arrivé là-bas, je constatai avec plaisir qu'il y avait déjà du monde à la terrasse du seul café du coin. Ça riait. Ça prenait le soleil, sans se faire de souci. Ça profitait de la vie sans inventer un tas d'embrouilles pour rien. Moi aussi, j'avais envie de me vider la tête. J'attachai le vélo à un poteau et je pris le sentier qui longe la côte, en bordure du massif de Marseilleveyre. Le soleil cognait, vigoureux, sur ma casquette. Le vent fripait la surface de l'eau, en bas. Et les îles de la Jarre, de Calseraigne et de Riou se détachaient, toutes blanches, sur le bleu sombre de la mer. Je m'assis en bordure du chemin, les jambes dans le vide, et restai un long moment à les contempler, en essayant de ne plus penser à quoi que ce soit.

Le temps passa et un chien vint me renifler le dos. C'était un labrador au doux pelage caramel clair. Sa trogne affectueuse me caressa la nuque. Une voix de garçon protesta :

– Igor ! Arrête... Tu risques de le faire tomber !

Je vis un garçon approcher. Il me demanda :

– T'as pas le vertige ?

– Si. Mais j'ai décidé de le vaincre.

Il éclata de rire.

– Chapeau ! T'emploies les grands moyens... Si tu veux, on peut continuer ensemble, sur le bord, jusqu'au bec Sormiou. J'ai construit une cabane, là-bas. Je te montrerai. Mon chien, c'est Igor. Moi, c'est Arthur.

J'acceptai, heureux d'avoir enfin trouvé un compagnon et des occupations de mon âge.

Sur le chemin du retour, la nuit nous prit avant Callelongue. La peur de faire un faux pas et de glisser dans le vide me tordait le ventre. Arthur, lui, semblait très à l'aise. Normal : il faisait régulièrement de l'escalade avec son père. Il me l'avait dit. Paisible et rassurant, Igor nous guidait, tache claire sur le sentier. Et nous parvînmes à bon port. Je quittai mon ami de hasard avec précipitation :

– On se revoit, demain ?

– Non, répondit-il. Je rentre à Lyon, chez ma mère. J'étais ici pour quelques jours seulement, avec mon père, dans une chambre d'hôtes, près du café.

C'était bien ma veine ! À regret, je lui souhaitai bon retour et enfourchai mon vélo. Sur la route, je pédalai de toutes mes forces, craignant de me faire engueuler par ma tante. Elle me l'avait cent fois recommandé : le VTT n'avait pas de lumières et je devais toujours revenir avant la tombée du jour, car je risquais de me faire renverser par une voiture. Durant les derniers mètres, dans la rue Pite-Pite, des crampes insupportables me nouaient les mollets.

À la maison, je trouvai tatie Mireille dans tous ses états, en compagnie d'une jeune femme brune :

– Où étais-tu passé ? Laurette n'est pas avec toi ?

Devant mon air ahuri, elle m'expliqua, affolée, en me désignant son invitée :

– Je suis allée rendre visite à sa maîtresse. On a discuté. Elle m'a montré le carnet de Laulau. Une catastrophe ! Et une de ses rédactions, qui parle d'un monstre qui la terrifie, la nuit. Tu savais ?

Je fis signe que oui. Ma tante émit un cri rauque :

– Pourquoi tu m'as rien dit ?

La jeune femme brune intervint :

– Il a sans doute pensé que nous ne le croirions pas, que nous conclurions à des fables... Moi-même, je n'ai pas prêté attention, sur le moment, à ce texte. Pourtant, il s'agissait probablement d'un appel au secours. Je n'ai pas su le déchiffrer. As-tu une idée d'où pourrait être ta cousine, Fred ? Elle a disparu.

Panniqué, envahi d'une immense bouffée

de culpabilité, je me creusai la tête, avant de bredouiller :

– La dernière fois, je l'ai retrouvée, juste de l'autre côté de la colline, au bout du sentier. Elle regardait la mer.

Nous nous précipitâmes tous trois au-dehors. Tatie avait emporté sa lampe torche. Arrivés au sommet de la côte, nous appelâmes Laurette en balayant les roches avec le faisceau lumineux. Un clair de lune assez intense nous aidait à percevoir les reliefs. Mais... pas de Laurette ! Nous revînmes à la maison. Ma tante téléphona au bar de la Flottille bleue.

– Tu as vu Laurette et Manu, aujourd'hui ?

Mon oncle dut répondre que non et poser des questions car elle vociféra :

– Comment ça, « qu'est-ce qu'il se passe » ? Demande-le à ton frère, ce qu'il se passe... Demande-le-lui et tu le tueras !

Puis elle raccrocha. L'institutrice lui posa la main sur l'épaule.

– Calmez-vous. Il ne peut pas comprendre. Allons lui expliquer et prévenons la gendarmerie pour rechercher la petite. Au sujet de votre beau-frère, on verra après. Il n'y a pas de preuves formelles.

Puis elles sortirent en me laissant seul, hébété.

10

Un moment après, je grimpai dans la chambre et me jetai sur le lit. La couette assourdit mes sanglots dans son épaisseur moelleuse.

Je libérai mon chagrin, ma colère, mon malaise, ma culpabilité accumulés depuis des jours en bourrant l'oreiller de coups de poing. Il finit par tomber à côté du lit et mes doigts rencontrèrent la rigidité d'un papier. Il s'agissait d'un feuillet de cahier d'école, plié en quatre. Une main appliquée avait inscrit mon nom dessus, au feutre rouge. Je l'ouvris et lus sous la lampe de chevet :

« Fredo,

Le monstre reviendra. Il revient toujours. Tu peux pas comprendre. Je t'en veux pas. Tu peux pas m'aider. Personne peut m'aider. Il faut que je m'en aille. J'ai brûlé mes affaires dans la chaudière. Maintenant, j'ai plus de nom. La frontière de sable ne doit jamais être franchie. D'un côté, il y a la grotte sombre et le monstre. De l'autre, la mer. Je préfère la mer. Quand j'aurai nagé jusqu'au bout, je pourrai tout recommencer. Si j'y arrive pas, alors ce sera comme si je n'avais jamais existé. Et ce sera fini.

Je te donne mon doudou. Il est sur mon lit.

Signé : Laurette »

À cause de certains mots de cette lettre, que j'avais déjà entendus, l'idée me vint soudain que ma petite cousine était sans doute retournée à la crique. Celle où nous avions tenté de jouer ensemble, pendant que Manu pêchait. Je réfléchis. Elle se situait en bas du chemin que j'avais fait à pied avec mon copain de Lyon, durant la journée, face aux îles. Il fallait que j'y aille.

Je fourrai le doudou dans mon blouson, pris la lampe torche, sortis et réenfourchai le vélo. Puis, je pédalai jusqu'à Callelongue. Là, j'abandonnai mon engin pour marcher sur le sentier en utilisant le maigre faisceau de lumière, afin de ne pas m'égarer dans le précipice. Par instants, des nuages camouflaient la lune. Un vent de plus en plus fort s'en venait de la mer, ramenant la tempête. En bas, les flots commençaient à enfler et à s'agiter autour des brisants. Je pensais à Laurette, toute seule dans la crique, en équilibre sur sa frontière de sable, prête à se laisser emporter, et je tentai d'accélérer le pas. Mais je redoutais de tomber. Je me demandais aussi comment repérer la crique dans l'obscurité et comment y accéder. Avec Manu, nous y étions venus par la mer, en bateau... C'est alors que, malgré le tumulte de la houle naissante, j'entendis aboyer derrière moi. Igor m'avait aperçu. Il s'était échappé du jardinet de la chambre d'hôtes pour me suivre. Je le caressai et il me lécha le visage avec affection. Alors, j'eus l'idée de lui faire renifler le doudou. Puis je m'effaçai contre la paroi afin de le laisser passer devant moi. Il me guida, joyeux, jusqu'à la courbe d'un virage, dans la falaise. Enfin, devant une faille dont les rochers s'éboulaient dans les ténèbres, il se remit à aboyer. Je questionnai avec fébrilité :

– C'est là, Igor ? Tu es sûr que c'est là ?

Il aboya encore. Mais je ne voyais pas par quel chemin descendre. J'avais peur. Je commençais à avoir froid, à regretter de ne pas avoir prévenu Mehdi, avant de me précipiter seul, à la recherche de ma cousine. Peut-être était-elle tombée dans le vide et s'était-elle écrasée en bas, sur les récifs ?

Igor revint vers moi. Je remis encore le doudou sous sa truffe et fit mine de le lancer au large. Alors, le chien s'affaira à trouver un passage pour descendre. Quand il l'eut déniché, il commença à avancer avec précaution vers le bas. Je le suivis. Nos pieds dérapaient sur les pierres qui fuyaient vers le gouffre. Nous parvînmes tant bien que mal jusqu'à une plate-forme surplombant la crique, à une dizaine de mètres du sable. Je demeurai là, un long moment, ne sachant plus quoi faire. Je me trouvais trop haut pour sauter, trop bas pour rebrousser chemin. Par intermittence, la lune s'extirpait des nuages, éclairant la crique d'une lumière blafarde. Je pus alors constater qu'Igor ne s'était pas trompé. Dans le sable, je distinguai la frontière creusée par

Laurette, l'autre jour, avec sa petite pelle en plastique. Personne ne l'avait effacée. Le flux qui approchait ne l'avait pas encore engloutie. Je me raccrochai à l'espoir que Laurette ne l'ait pas encore franchie, cette ligne fragile, qu'elle se soit réfugiée dans la grotte, comme à l'intérieur d'elle-même, même s'il n'y avait plus de trésor, même si on le lui avait volé. Je lui disais, dans ma tête : « Tiens bon, Laurette ! On te le rendra ton trésor. Moi, Mehdi, ta maman, ta maîtresse... Tous ceux qui te veulent vraiment du bien. » J'y pensais si intensément, à ces mots, que je ne pouvais pas imaginer que Laurette ne puisse les entendre, dans sa tête à elle, tapie au fond de son refuge. De toutes mes forces, j'espérais qu'elle n'avait pas encore choisi d'entrer dans la mer, de remonter le temps et l'espace, pour se fondre au jour où elle n'existait pas encore.

Je ne sais pas combien d'heures je restai là, à grelotter et à espérer. Ce que je sais, c'est qu'à un moment, j'ai confié le doudou à Igor et je lui ai ordonné :

– Va chercher Arthur ! Va le chercher ! Et ne reviens pas sans lui…

Après quelques jappements, le chien m'obéit et rebroussa chemin. Son départ me laissa plus seul encore. Épuisé, je finis par m'accroupir sur la plate-forme, contre la falaise, et par somnoler.

Je fus réveillé par des cris. Une autre lampe torche balayait l'espace, dans ma direction.

– Y a quelqu'un ?

Tu parles, s'il y avait quelqu'un ! J'étais là, coincé depuis des heures sur ma plate-forme, les pieds et les mains gelés. Je hurlai :

– Je suis là !

La lumière finit par me trouver tandis que j'agitais les bras, avec la mienne. En haut, je reconnus Arthur en compagnie d'un homme. Probablement son père. Celui-ci me cria :

– Patiente encore un peu ! Je vais aller chercher mon matériel d'escalade.

Il était marrant, lui ! Patienter... Je n'avais fait que ça, depuis des heures, dans le froid et la tourmente. Moi, je pouvais bien patienter encore un peu, mais Laurette ? Je vociférai :

– Dépêchez-vous !

Au bout d'un moment qui me parut une éternité, le père d'Arthur revint avec son équipement. Il me cria :

– On te lance une corde ! Ne t'inquiète pas, elle tient solidement au bout d'un grappin. Arthur ajouta :

– T'es capable de remonter ?

Je hurlai à nouveau :

– Je veux pas remonter ! Je veux descendre... Ma petite cousine est en bas.

À cause du tumulte du vent et des flots, ils ne m'entendaient pas. Ils lancèrent la corde. Mais je refusai d'y grimper. Je ne pouvais abandonner Laurette. Arthur braillait :

– Hisse-toi ! Qu'est-ce que tu attends ?

Sa voix parvenait à moi, à peine audible. Mais, malgré mes efforts, ma réponse ne l'atteignait pas. Alors, son père descendit vers moi, en rappel. Lorsqu'il me rejoignit, je lui expliquai la situation, en quelques mots. Il agita la corde. Plusieurs secousses, en direction de son fils. Manifestement, ils avaient l'habitude de communiquer ainsi, au cours de leurs escalades. Arthur libéra le grappin, accroché au bord du sentier. Le câble tomba à nos pieds. Alors, son père arrima l'engin à la plate-forme. La corde glissa vers la crique et nous pûmes descendre, chacun à notre tour.

En bas, la houle grossissante faisait remonter la mer dans la crique, jusqu'à la frontière de sable, aux abords de la grotte. Je me précipitai...

Laurette était là, tapie dans l'ombre. Ses vêtements trempés collaient à son corps menu. Elle grelottait. Quand elle distingua nos silhouettes, à contre-clair de lune, elle eut un mouvement de recul, comme un animal traqué. Je dis :

– C'est moi, Fredo. Je suis avec un ami. On vient te chercher. C'est fini.

Elle me reconnut et bredouilla, sur un ton d'excuse :

– Je... je suis entrée dans l'eau. Mais... j'ai pas pu ! C'est trop froid... trop loin... trop difficile...

Le père d'Arthur soupira :

– Maintenant, il va falloir que je vous remonte, un par un ! Tu vas m'aider à attacher ta cousine dans mon dos avec ces sangles. Elle est trop faible pour s'accrocher à moi toute seule. Toi, tu m'attendras ici. Espérons qu'entre-temps Arthur sera assez malin pour aller chercher d'autres secours...

Arthur était assez malin. Mais il n'eut pas le temps de le prouver. Un bateau, secoué par la tempête, arrivait du large pour s'engouffrer dans la crique. Malgré le vacarme, je reconnus la voix de Mehdi :

– Les enfants... Vous êtes là ?

Alors, je me mis à rire et à pleurer en même temps. Malgré mon épuisement, je bondissais sur la plage en criant et en agitant la torche :

– On est là, Mehdi ! On est là...

Sans perdre de temps, le père d'Arthur prit Laurette dans ses bras et entra dans l'eau, tout habillé, pour avancer vers la barque. Les vagues, de plus en plus puissantes, le faisaient vaciller. Mais il tenait le coup. Et il hissa ma cousine dans le pointu. Mehdi tendit les bras. Laulau se laissa happer, comme un pantin désarticulé. Puis le père d'Arthur revint me chercher.

Mehdi me serra contre lui en disant :

– Heureusement que tu m'avais raconté le coup de la grotte ! J'ai deviné que j'avais une chance de vous trouver ici...

Puis il relança le moteur, plein pot.

Le jour se levait à peine. Mais, en nous éloignant, je vis une vague plus forte que les autres manger la grève et engloutir la frontière de sable.

11

Il y eut encore beaucoup de moments pénibles. Mon oncle, effondré dans son bar, ressassait en compagnie de Marcel, Jules, Roger, Ahmed, Dédé, Paco et Marco, qui tentaient maladroitement et en vain de le consoler.

Malgré toutes les excuses que ses amis tentaient de lui trouver, il ne pouvait s'empêcher de répéter en secouant la tête :

– J'aurais dû m'en douter ! Au moins faire attention, deviner... C'était mon rôle de la protéger ! Qu'est-ce que j'avais dans les yeux ?

Ma tante s'en voulait tellement de ne s'être aperçue de rien qu'elle pleurait tout le temps. Sauf devant Laurette. Devant Laurette, elle voulait être forte, rassurante. Mais seule, ou devant les autres, elle se liquéfiait. On aurait dit que sa bonne humeur avait fondu, à jamais.

En même temps, il y eut la police. Les journalistes. La juge. Les questions. Les témoignages. Les dépositions. L'inculpation de Manu... Aucun d'entre nous ne put sortir indemne de cette histoire.

Un an plus tard, les gens parlèrent encore, au procès. Puis le silence envahit tout.

À la fin de ces vacances-là, lorsque je rentrai à Paris, Maman me prit tendrement dans ses bras et me dit :

– Mon pauvre chéri ! C'est terrible, pour notre petite Laurette ! Mais, si j'avais su, jamais je ne t'aurais envoyé là-bas... J'aurais préféré t'éviter ça.

Je la regardai avec étonnement. Elle était bien gentille, ma maman. Dans le fond, elle aurait aimé me préserver de tout. Et ce n'était pas possible. D'ailleurs, elle ne s'en rendait pas compte, mais, moi, je pensais que si elle ne m'avait pas envoyé aux Goudes, pour ces vacances de Toussaint, Laurette serait demeurée seule, face à son monstre, dans le noir. Peut-être qu'alors elle aurait fait le pas définitif dans la mer et, puisqu'elle nageait comme un caillou, elle ne serait jamais revenue...

J'expliquai cela à ma mère. Elle convint que j'avais raison. Et elle m'embrassa à nouveau, très fort.

Mon père me téléphona de Papeete. Maman l'avait mis au courant. Il déplora que de telles choses puissent exister et que j'aie pu les approcher. Je lui répondis qu'il n'avait qu'à être là, pour me protéger. C'était un peu injuste. Lui non plus ne pouvait me prémunir de tout. Mais ça lui apprendrait à ne plus m'abandonner sans tenir ses promesses. Avant les vacances suivantes, il m'envoya un billet d'avion pour Tahiti. Je le lui renvoyai, par retour du courrier. C'est lui qui vint passer Noël avec nous.

Malgré tout ça, les attentions que personne n'avait jamais eues, les concessions que personne n'avait jamais faites, le calme revenu, je ne pouvais m'empêcher de penser à Laurette.

Qui allait lui rendre son trésor perdu ?

Au fond de moi, je m'en doutais : tatie Mireille, tonton Toni, Bastien, Mehdi, Delphine, Maman, ma sœur, moi et tous les autres, ceux qui lui voulaient vraiment du bien...

Mais je me doutais aussi que cela prendrait du temps, beaucoup de temps.

Il s'en est écoulé. À l'époque, je n'avais que douze ans. Laurette huit. Longtemps, je n'ai même pas voulu me souvenir. J'avais d'autres choses à vivre, à penser, à raconter. Notre enfance nous avait été ôtée d'un seul coup, définitivement. La différence entre Laurette et moi, c'est que, moi, ça m'avait forcé à grandir. Mais en elle, quelque chose avait été détruit. Il faudrait des années et des années pour le reconstruire. Et elle n'y arriverait peut-être pas toute seule. Je le savais. Pourtant, depuis ces vacances-là, j'ai évité de revenir aux Goudes. Je n'avais pas envie de la revoir tout de suite, de revoir les gens qui me feraient à nouveau penser à tout cela. Je voulais oublier. Mais, ces choses-là, ça ne s'oublie pas. Petit à petit, comme venues du fond de la mer, je ne pouvais les empêcher de remonter, irrésistiblement. Elles ont formé ce mur invisible qui m'encerclait parce que je manquais de mots pour le rompre. Maintenant que j'ai mûri, j'en ai trouvé de nouveaux pour écrire, pour briser en silence le silence, pour comprendre comment c'est arrivé. Et j'ai compris. La frontière que Laurette avait tracée dans le sable, on ne doit pas la laisser s'effacer. Bien que nous n'ayons plus l'âge, ni elle ni moi, de jouer avec sa petite pelle en plastique, j'en suis enfin venu à me dire qu'il fallait que j'aille au plus tôt l'aider à la retracer.

Si ce livre t'a plu,

tu peux lire du même auteur

Le cadeau oublié

n° 16 de la collection

Extrait

— Eh ! Tu rêves, poulbot ? s'écria la vieille dame en rouge, qui venait de percuter le sac à dos de Saïd.

Poulbot ? Ça voulait dire quoi, ce mot ? Gogol ? Arabe ?

Au ton vaguement affectueux qui l'accompagnait, le gamin évalua que ça ne devait pas être bien méchant. Mais tout de même... Elle ne manquait pas d'air, celle-là ! C'était elle qui le bousculait et c'était lui qui se faisait engueuler ! Il grommela malgré tout une excuse et la femme poursuivit son chemin, d'une démarche hésitante, raffermie peu à peu à l'aide de sa belle canne noire. Saïd se dit qu'elle aurait mieux fait de la peindre en blanc, sa canne. Elle devait être plus que miro, cette bonne femme...

Lorsqu'il était sorti du centre de loisirs, à dix-huit heures, après avoir terminé ses révisions sous la surveillance de la responsable du soutien scolaire, il faisait déjà sombre. Au loin, les tours de Paris avaient allumé les boutons de leur robe de nuit. Les feux arrière des voitures larmoyaient sous une sorte de neige fondue, qui aspergeait, par rafales, les trottoirs de Ménilmontant. Les néons des devantures se reflétaient sur l'asphalte trempé où leurs signes déformés enchevêtraient les couleurs. Saïd était resté un instant immobile pour les contempler.

Il trouvait ça joli. On aurait dit, un peu, ce tableau de Whistler qu'il avait vu lors d'une sortie pédagogique, avec sa classe, au musée d'Orsay. Ce jour-là, les autres pensaient plutôt à rigoler. Amin jonglait avec des chocolats qu'il tentait de rattraper dans sa bouche et qui tombaient sur le sol. Séverine avait glissé dessus et s'était étalée de tout son long dans un couloir. Sébastien avait fourré des chips dans le survêtement de Soraya, qui hurlait que ça la grattait. Le maître en avait eu assez. Après avoir groupé tout le monde dans un coin, il s'était lancé dans un discours sur la Culture avec un grand C. Celle qui n'entrerait jamais dans leur tête en béton armé s'ils continuaient comme ça. Et tant pis pour eux, puisqu'ils voulaient demeurer des veaux. Parce que, d'après lui, c'était bête, les veaux. Qu'est-ce qu'il en savait ? Personne n'a jamais demandé à un veau d'apprendre les accords de participes passés. Les élèves comprenaient qu'il disait ça uniquement quand il pétait les plombs. Le maître était un fou de ce qu'il appelait la pédagogie active. Pour ça, elle était active, sa pédagogie ! Dès que le programme des cours et le budget de la coopérative scolaire le permettaient, il leur faisait faire du sport, des enquêtes, un journal de classe, les emmenait à la Cité des sciences... Une vraie cavalcade ! Chaque fois, il y en avait qui faisaient les idiots et, chaque fois, il leur parlait de la Culture avec un grand C, qui n'entrerait jamais dans leurs têtes en béton armé puisqu'ils voulaient rester des veaux. Ça ne l'empêchait pas de trouver d'autres idées de sorties et d'y emmener ses *cacous*, comme il les appelait parfois, en souvenir de son poste précédent, dans les quartiers, au nord de Marseille.

Lui, Saïd, il avait apprécié cet après-midi au musée d'Orsay. Surtout ce tableau de Whistler. Il ne savait pas au juste pourquoi. Mais il l'avait aimé. Précisément parce qu'il ne représentait rien. Ou presque. On pouvait tout imaginer. Comme là, avec les néons dégoulinants, sur le trottoir mouillé. En le tamponnant, la vieille dame en rouge avait fait éclater cette bulle de rêve où il s'enveloppait, plus ou moins longtemps, à certains moments de la journée. Surtout en classe.

Un filet d'eau glacé s'immisça le long de sa nuque. Il remonta le zip de son blouson, entortilla son écharpe autour de son col et retourna la visière de sa casquette en arrière. Sa mère n'aimait pas qu'il la mette dans ce sens. Elle disait que ça lui donnait mauvais genre et qu'une casquette, ça se porte droit contre le soleil. En été, peut-être. Mais en hiver, c'est plus simple d'éviter la pluie dans le cou. En attendant, il l'ajusta jusqu'aux oreilles, regrettant de ne pas pouvoir glisser dessous le casque du Walkman qui n'était toujours pas le sien.

Abdel, son frère aîné, lui en avait promis un pour son anniversaire. Seulement, voilà : le jour de son anniversaire, leur père était mort, en Algérie, dans l'un de ces attentats dont on parle, de temps à autre, en ce moment, à la télévision.

Théoriquement, Mounir Taïeb ne devait faire qu'un court séjour à Alger, pour apporter un peu d'argent à sa fille aînée, Salima, qui se cachait là-bas depuis qu'on avait abattu son patron à la mitraillette, un chirurgien avec lequel elle travaillait, en tant que pédiatre, dans un hôpital.

Ça ne l'intéressait pas beaucoup, Saïd, les histoires de politique. Il avait seulement remarqué qu'on chuchotait autour de lui, au sujet des *événements* qui se passaient en Algérie. Personne n'osait trop donner son opinion. On écoutait la radio, dans les épiceries. Et on hochait la tête, en silence.

Salima, c'était la star de la famille Taïeb. Toujours en tête de classe, depuis le CP, jusqu'à son doctorat. Elle aurait pu prendre un poste dans un dispensaire, en région parisienne. Mais non. Elle avait voulu renouer avec ses racines, comme elle disait. Pourtant, il y avait douze ans qu'elle était arrivée à Ménilmontant, juste avant la naissance de Saïd. Elle disait aussi qu'on avait davantage besoin d'elle là-bas qu'ici, qu'il fallait donner l'exemple, montrer qu'en Algérie les femmes pouvaient être utiles ailleurs qu'aux champs et à la cuisine.

Saïd n'avait pas eu le temps de dire au revoir à son père. Celui-ci travaillait de nuit, comme manutentionnaire dans un entrepôt, de l'autre côté du périphérique, près de la porte de Bagnolet et, le matin de son départ, le garçon traînait déjà les semelles de ses baskets sur le chemin de l'école. Car la famille Taïeb au complet tenait énormément à ce qu'il ne manque pas l'école. Il aurait fallu qu'il soit vraiment très malade pour avoir le droit de ne pas y aller. Sa mère lui avait acheté un réveil afin qu'il ne soit jamais en retard. Un réveil en forme de Mickey. N'empêche que Saïd avait envie de lui écraser le pif à ce Mickey, quand il se mettait à sonner le matin. Tout le monde veillait aussi à ce qu'il étudie avec soin. Pourtant, le maître écrivait toujours dans son carnet : *Élève doué, mais manque d'application. Peut s'améliorer.* La première fois, sa mère avait demandé :

– C'est quoi, le manque d'*application ?* Ça se soigne avec des vitamines ?

Zoulika avait expliqué que Saïd ne prêtait pas assez attention à ce qu'on lui disait et qu'il pouvait faire des progrès, parce qu'il n'était pas idiot.

Alors, Fatma s'était fâchée. Elle avait tempêté :

– Bien sûr qu'il est pas idiot, mon fils ! Pourquoi tu fais pas assez attention ?

– Ça m'intéresse pas.

souris poche

Dans la même collection

6467

BIBLIOTHEQUE MUNICIPALE
ECOLE J. PREVERT
DE PLESSIS . YZEURE

Achevé d'imprimer sur Cameron
par Bussière Camedan Imprimeries
à Saint-Amand-Montrond
Conception graphique couverture : Didier Thimonier
Dessin de la Souris noire : Lewis Trondheim
Typo dessinée par Anne Ladevie
Dépôt légal : septembre 1999
Loi n° 49.956 du 16 juillet 1949
sur les publications destinées à la jeunesse
N° d'impression : 993614/1